LE NEZ
SUR LA VITRE

Né à Oran en 1948, Abdelkader Djemaï vit en France depuis 1993. Après un bref passage dans l'enseignement, il devient journaliste et collabore à un grand nombre de périodiques. Il est l'auteur de nouvelles, de pièces de théâtre et de romans, notamment d'*Un été de cendres*, *31, rue de l'Aigle*, *Sable rouge* et, au Seuil, de *Camping* (2002) et *Gare du Nord* (2003). Il a reçu le prix Découverte Albert Camus et le Prix Tropiques pour *Un été de cendres.* Abdelkader Djemaï anime également de nombreux ateliers d'écriture dans les établissements scolaires et en milieu carcéral.

DU MÊME AUTEUR

Un été de cendres
récit
Prix Tropiques et prix Découverte Albert-Camus, 1995
Michalon, 1995
et « Folio », n° 3362

Camus à Oran
récit
Michalon, 1995

Sable rouge
roman
Michalon, 1996

31, rue de l'Aigle
récit
Michalon, 1998
et « Folio », n° 3361

Mémoires de nègre
roman
Michalon, 1999

Dites-leur de me laisser passer et autres nouvelles
Michalon, 2000

Camping
roman
Seuil, 2002
et « Points » n° P 1351

Gare du nord
roman
Seuil, 2003
et « Points » n° P 1421

Nos quartiers d'été
photographies de Philippe Dupuich
Le Temps qu'il fait, 2004

Abdelkader Djemaï

A Sélom

LE NEZ SUR LA VITRE

avec au bout de deux routes, l'histoire d'une rencontre.

ROMAN

En souvenir de Strasbourg,

Amitiés

Abdelkader

Éditions du Seuil

Strasbourg le 28 Septembre 2006

TEXTE INTÉGRAL

ISBN 2-02-084954-2
(ISBN 2-02-068014-9, 1re publication)

www.seuil.com

Pour Mohamed

«La pire colère d'un père contre son fils est plus tendre que le plus tendre amour d'un fils pour son père.»

HENRI DE MONTHERLANT,
La Reine morte.

«Il n'y a que les pères et les mères qui s'affligent véritablement de la maladie de leurs enfants.»

CONFUCIUS, *Livre des sentences.*

1

Il s'était fait écrire des lettres auxquelles, depuis longtemps, le fils ne répondait plus. Des mots arrachés à sa peine, à sa chair. C'était sa fille, la plus jeune de ses quatre enfants, qui les alignait précieusement sur le papier. L'air concentré, la tête penchée en avant, elle mettait également ses mots à elle, une phrase ou deux, pour dire qu'elle aussi l'embrassait très fort et pensait beaucoup à lui. Une fois, elle avait même ajouté un joli dessin au-dessus de son prénom. Elle venait de terminer sa cinquième au collège d'où son frère avait été exclu il y a une dizaine d'années.

Bâti sur les hauts de la ville, l'établissement aux tuiles rouges et aux murs ocre portait le nom d'un grand écrivain du Midi. Elle avait toujours bien travaillé à l'école, et son père était fier d'elle. Jamais elle et ses deux autres garçons ne lui avaient causé de soucis.

Il prendra donc demain l'autocar pour voir le fils qui ne répond pas à ses lettres, des lettres qu'il tenait lui-même à glisser dans la boîte, la main confiante et le cœur serré. Dès que le jour sortira, comme disait sa mère, du ventre de la nuit, il quittera son trois-pièces du quarante-huit de la rue Gabriel-Péri pour aller à pied jusqu'à la gare routière située près du fleuve, à l'extérieur des remparts. Il traversera, dans la lumière crayeuse du petit matin, la place de l'Horloge maintenant vidée de sa rumeur joyeuse, de ses masques bizarres, de ses oriflammes, de ses musiques. La veille, en allant se renseigner sur le départ des autocars, il avait avancé au milieu des visages grimés, des corps affublés de costumes colorés, de drôles de machines et des mains qui tendaient des prospectus. Depuis une semaine, la ville, avec ses hôtels, ses cafés-restaurants, ses marchands de glaces et ses campings en tout genre, s'était comme chaque année ouverte à la canicule et au théâtre. Hormis ceux donnés dans la rue, il n'avait jamais vu de spectacles, franchi le seuil des petites salles ou pénétré dans la grande cour du Vieux Château. Et puis il n'avait pas, ce jour-là, le cœur à la fête. Il ne l'avait plus depuis longtemps. Une longue route l'attendait pour retrouver celui qui l'avait fait vieillir d'un coup, bien avant que le temps ne fasse son travail de sape. Il allait bientôt avoir cinquante-sept ans, et lui vingt-cinq.

Après le départ de son fils, la maison lui avait paru soudain dépeuplée. Sans le montrer, il avait en silence cherché sa trace dans les vêtements, les chaussures et son sac de sport qu'il avait laissés au fond de l'armoire. Il l'avait également cherchée dans son ancienne trousse de toilette à la fermeture cassée, dans ces couteaux, ces fourchettes, ces verres qui reposaient dans le vaisselier. Occupé maintenant par son frère cadet, son lit était recouvert du même édredon orné d'une cigogne qui fendait bravement l'air pour aller chercher un peu de soleil.

Il avait pensé aussi revoir son visage sur l'unique photo en couleurs où ils étaient ensemble, son bras tendrement passé autour de son cou. Une photo aux coins écornés qu'il ne retrouvait pas dans l'album à grosse spirale.

Glissée au-dessus d'une vieille carte postale avec un paysage du Sahara, elle avait été prise par un photographe ambulant à la quinzaine commerciale qui avait lieu chaque année en juin sur le champ de manœuvre. Il devait avoir huit ou neuf ans et se tenait tout contre lui, le sourire aux lèvres, les cheveux sagement peignés. Il paraissait heureux dans son maillot à rayures, son pantalon kaki et ses sandalettes en plastique. Derrière eux, le manège, avec ses lampions, ses hampes et ses voiturettes dorées, restait figé dans sa course. On pouvait apercevoir, entre un dragon crachant du feu et un cheval noir aux ailes déployées, un gamin en salopette jaune qui conduisait un bolide, une casquette sur la tête et les mains crispées sur le volant.

2

Avec ses vitres hautes et ses larges flancs barrés d'une mince bande rouge, l'autocar, qui était équipé de toilettes et de deux écrans vidéo, scintillait comme une carafe en cristal éclaboussée de soleil. Dans un quart d'heure, hissé sur ses puissantes roues et ses 320 chevaux, le Setra Kassbohrer 215 HD de la compagnie L'Hirondelle du Sud pointera son nez en direction de la grande ville bâtie elle aussi sur les bords d'un fleuve. Il ne s'y était jamais rendu. Sa fille lui avait montré son élégante mairie au perron en marbre fin et sa célèbre place avec ses belles boutiques et son magnifique jet d'eau. Elles illustraient les pages d'un magazine sur papier glacé qu'elle avait emprunté à la bibliothèque du collège. Cerné par des publicités locales, l'article faisait l'éloge de la qualité de vie qui régnait dans cette cité réputée pour son riche patrimoine historique et son goût pour la cuisine raffinée. Elle était aussi connue pour son équipe de football.

Mais pour l'instant, avant de passer peut-être devant la mairie ou le jet d'eau, il était, ce vendredi-là, dans le fond du véhicule, sur un siège de couleur bleue qui semblait convenir à son corps, à ses jambes qu'il pouvait facilement croiser ou étendre. Il n'avait pas pris grand-chose avec lui, des fruits, des gâteaux et du linge propre préparé par sa femme. Il l'avait surprise en train de pleurer dans la cuisine. Elle ne parlait pas beaucoup, mais il savait qu'elle avait autant mal que lui, sinon plus. Il avait placé le sac, qui contenait aussi une bouteille d'eau, dans la galerie métallique au-dessus de sa tête aux yeux un peu ensommeillés. Il avait dormi deux ou trois heures, il faisait trop chaud. Il avait laissé la fenêtre ouverte toute la nuit. Le ciel avait des teintes violettes quand les cloches de l'église avaient retenti dans le quartier. Il avait entendu aussi les couinements d'une voiture de police, des éclats de voix avinées et le ronflement de la fourgonnette grise qui livrait les journaux à la maison de la presse située au coin de la rue.

Lorsque le réveil avait vibré, il s'était levé pour boire à petites gorgées une grande tasse de café noir sans sucre. Puis il s'était douché, rasé et habillé de neuf. Sur son chemin, sous le regard intéressé d'un chat trop gras, un camion d'éboueurs aux feux encore allumés ronronnait à l'entrée d'un immeuble aux fenêtres et au porche éteints. Un peu plus loin une femme entre deux âges sortait d'une boulangerie avec du pain et un sachet de croissants. Sur le même trottoir que le cinéma Century, un homme aux chaussettes sales et dépareillées dormait sur un carton, la tête recouverte d'une veste aux manches déchirées.

Sentant le propre et la tranquillité, l'autocar, aux «cinquante places assises et aucune debout» comme le signalait une petite plaque en aluminium, s'emplissait peu à peu. Il était monté parmi les premiers. Devant lui, un vieux couple s'était installé avec des gestes précautionneux, presque timides, comme s'ils n'étaient jamais allés aussi loin. Avant de s'asseoir, le mari, le visage anguleux et les sourcils épais, avait ôté sa casquette et s'était mouché avec application. À quelques mois de la retraite, chemise à manches courtes, rougeaud et la moustache fournie, le chauffeur, qui faisait la ligne depuis longtemps, avait vérifié la trentaine de billets, en déchirant, comme les ouvreuses au cinéma, une de leurs extrémités. Ensuite, après avoir refermé la soute à bagages et compté une dernière fois les passagers, il avait calmement laissé tourner le moteur avant de quitter le quai et de longer plus bas le fleuve, qui ne cessait jamais, lui, son interminable voyage.

3

Il ne connaissait aucun des passagers. Mais il se souvenait d'avoir vu celui qui avait grimpé le dernier en saluant le chauffeur par son prénom. Son visage et son crâne rasé lui rappelaient un peu l'inspecteur Kojak dont il avait suivi quelques enquêtes à la télévision. Copieusement bronzé, une sacoche en bandoulière, il portait des espadrilles jaune paille, un short et une chemise ouverte sur son poitrail orné d'une grosse chaîne en or. Il l'avait, en fin d'après-midi, croisé à quatre ou cinq reprises sous les platanes du boulevard Gallieni qui menait au Conseil général. Trapu et l'allure sportive, il tenait toujours en laisse un énorme chien aux pattes courtes, au poil laineux et abondant, qui dandinait des fesses. Cette fois, il tenait tendrement par le bras une vieille dame fluette et plus grande que lui. Coquette, des lunettes à la monture dorée, ses cheveux teints en blond étaient piqués d'une rose rouge en soie. Avec une voix qui contrastait avec sa carrure de rugbyman, il lui parlait comme à une enfant malade, avec douceur et compréhension. Pour la tranquilliser, il lui affirmait que leur voyage serait agréable et qu'ils feraient un bon déjeuner sur la route. Elle acquiesçait en faisant danser ses jolies boucles d'oreilles.

Échappée d'une Thermos, une odeur de café s'infiltrait entre les sièges. Celle du tabac était interdite de séjour. Les cendriers fixés au bout des accoudoirs ne servaient plus à rien. Aux abords de l'autoroute, pour combattre la chaleur, le silence et l'envie de fumer, le chauffeur avait déclenché l'air conditionné et allumé la radio. Il en profita pour s'excuser pour les deux écrans devenus aveugles et muets à cause d'une panne de la vidéo survenue la veille. Métallique et entraînante, la musique qui giclait des haut-parleurs ne parvenait pas à déranger le sommeil du bébé blotti dans un couffin aux poignées recouvertes de velours vert. Le père, qui paraissait à peine sorti de l'adolescence, avait pris soin de placer juste au-dessus de lui un panier en osier qui contenait le biberon, des couches, de l'eau minérale et des petits pots. Vêtue d'une tunique indienne, la mère, la peau très claire et les cheveux bouclés, tendit le bras vers le plafond pour tourner le bouton en forme d'œil exorbité qui commandait l'arrivée d'air puis replongea dans la lecture de sa revue de mode.

La musique s'était brusquement tue pour céder la place aux annonces publicitaires. L'une d'elles vantait l'exquise légèreté de Nuage Parfumé, un nouveau yaourt à la vanille et aux fruits exotiques. Une autre la robustesse et la douceur de ligne du dernier modèle de berline équipé de systèmes électroniques. Puis c'était au tour de la journaliste du bulletin d'information de prendre le relais pour résumer, en deux minutes et demie, la rudesse du quotidien et les tragédies de l'actualité. Dans la nuit, une bombe de forte puissance avait endommagé un grand hôtel de la côte corse sans faire de victime. Un gigantesque incendie continuait, lui, depuis presque une semaine, de ravager une forêt dans le Sud de l'Italie. Après un spectaculaire accident sur la

RN 10 et une intoxication alimentaire dans une colonie de vacances, elle rapportait, presque avec excitation, le braquage, en plein jour, à Paris, d'une célèbre bijouterie de la place Vendôme. La Bourse n'était pas au beau fixe, l'hippodrome de Vincennes affichait dans l'ordre son tiercé gagnant et le leader du championnat de première division une nouvelle victoire. La météo prévoyait, pour sa part, une journée très chaude sur l'ensemble du territoire, particulièrement dans la région traversée par l'autocar. Alors, comme pour apporter un peu de fraîcheur à la dame qui l'accompagnait, l'homme au crâne rasé tendit à son tour le bras vers le plafond pour régler l'aération.

4

Sur la route qui lui livrait, par à-coups, des maisons, des châteaux d'eau, des étendues de vignes, des paysages inconnus, il pensait une fois encore à son fils. Il se disait qu'ils ne s'étaient pas beaucoup parlé. Lui, il n'avait pas eu besoin de mots, de phrases avec son père, c'était comme ça, ça avait toujours été comme ça, ils se comprenaient malgré le dénuement et la solitude du douar. Il avait cru que les choses allaient d'elles-mêmes, que ce serait pareil avec son petit, que cela se ferait naturellement. Puis le temps avait passé et il s'était brutalement aperçu qu'une distance les avait, sans qu'ils le veuillent, peu à peu séparés, éloignés l'un de l'autre. C'était comme si son fils se tenait derrière une vitre épaisse, qu'il pouvait seulement le voir, le sentir bouger dans la lumière et dans le silence qui l'enveloppait dans un grand manteau noir. Une vitre froide et impitoyable sur laquelle il avait collé son nez et qui l'empêchait de lui dire quelques mots, de le toucher, de le serrer dans ses bras. Dans cette histoire sans paroles, il ressemblait, comme disait sa mère, au muet qui confiait à un sourd qu'un aveugle les regardait.

Les mauvais jours avaient peut-être commencé au début de l'adolescence, quand il s'était mis à faire des siennes. Il n'avait pas encore pris l'habitude de boire et de fumer, mais il rentrait à des heures de plus en plus tardives. Il l'attendait, l'œil ouvert et l'oreille aux aguets, jusqu'à ce qu'il entende la porte se refermer enfin sur lui. Alors, rassuré, il tentait de renouer avec le sommeil. Faute de dormir suffisamment, il traînait parfois un peu les pieds à l'usine qui se trouvait de l'autre côté de la ville.

Il n'aimait pas se plaindre, mais une sorte de fatalité injuste et cruelle avait brouillé ses nuits et le restant de son existence. Quelquefois, elle prenait le visage de ces silhouettes noires découpées dans du contreplaqué. Dressées sur le bas-côté comme des sentinelles sans voix et sans armes, elles rappelaient brutalement aux conducteurs les dangers de la route. Cassant sa tranquillité, elle l'avait pris de court, et il s'était senti démuni, dépassé et subitement honteux, quand il fut, un jour de novembre glacial et gris, convoqué par la principale du collège parce que le petit se comportait mal et ne travaillait pas en classe. Il se souvenait que devant elle il avait baissé la tête, qu'il aurait voulu se cacher sous terre et que seulement un mot ou deux avaient réussi à franchir le seuil de sa bouche. Il ne savait pas comment lui avouer qu'il était analphabète. Il ne cherchait pas à se trouver des excuses. Il griffonnait à peine son nom et, par conséquent, il ne pouvait pas aider son fils qui, de temps à autre, lui faisait signer la page du carnet de correspondance où figuraient ses notes. Il se rappelait aussi que cet après-midi-là, il avait, pour se donner une contenance, fixé les pattes du cheval en pâte de verre translucide qui trônait sur le bureau de la principale encombré de dossiers de couleurs marron et vert.

La aussi, comme plus tard dans l'autocar, pour se sentir moins seul, il avait instinctivement besoin d'accrocher son regard à quelque chose, à quelqu'un, à certaines des personnes qui allaient faire une longue route avec lui. Il était enfermé avec elles dans une sorte de voyage intime où le silence prendrait beaucoup de place, surtout pour lui, car il ne maîtrisait pas bien leur langue. Ne connaissant ni leurs noms ni leurs vies, il ne pourra rien leur dire; peut-être échangeront-ils un ou deux mots, un sourire, une politesse. Seuls ses yeux ou ses mains longues et brunes pouvaient parler.

À la fois gêné et soulagé, il avait, d'un pas rapide, traversé la cour du collège déserte entourée de fresques exaltant les bienfaits de la nature et de la pratique régulière des sports. Derrière lui, la sonnerie de trois heures moins cinq avait retenti. Arrivé devant l'entrée, il entendit un déclic et poussa la porte métallique que la concierge avait, depuis sa loge, ouverte en appuyant sur un bouton invisible. Cela le fit penser à la grille des Papeteries de la Feuilleblanche où, depuis une quinzaine d'années, il travaillait à l'atelier de façonnage des cahiers.

Il avait demandé un congé de trois jours pour monter vers la ville qui lui avait brutalement pris son enfant.

5

La première fois qu'il avait vu une grande ville, ce fut précisément quand il grimpa avec son père dans le vieux Saviem S 45 qui sentait le gas-oil, la sueur et la pauvreté. C'était le temps de la guerre, du barbelé, de la faim et de l'errance. Il devait avoir l'âge de son fils sur la photo en couleurs prise devant le manège du champ de manœuvre. Ce jour-là, sa mère s'était levée très tôt pour tirer de l'eau du puits et préparer le café. Elle l'avait lavé de la tête aux pieds et habillé comme un petit prince. En guise de cadeau, elle avait mis dans le couffin une poule, des gâteaux au miel, un paquet de café et des oranges. Elle n'avait pas oublié d'ajouter une grosse savonnette parfumée et une demi-livre de henné pour la femme de son oncle paternel dont ils étaient les invités. Avant de franchir le seuil, son père, qu'il avait entendu tousser dans la nuit, avait jeté sur ses maigres épaules le burnous des grandes occasions et empoigné son bâton taillé dans du bois d'olivier.

Perdu dans la steppe, le douar, qui n'avait ni école ni électricité, commençait à échapper à l'obscurité parfois pareille, disait sa mère, à la bouche d'un ogre. Ils quittèrent la maisonnette en torchis et empruntèrent la ruelle en terre battue jusqu'au goudron où le Saviem, dépourvu de radio et de confort, n'allait pas tarder à marquer un arrêt. En face d'eux, autour d'une éolienne rouillée, des nomades avaient, au milieu de la poussière et des chiens, planté leur campement.

Dix minutes après, enfoncé dans un siège aux ressorts défectueux, il se retrouva entouré de sacs et de paysans en djellaba, le visage sec et impassible. Ils paraissaient ne pas suer, tant ils semblaient vidés de leur eau. La plupart, quand ils n'étaient pas chômeurs, étaient employés chez les colons. Malgré les nombreux cahots et les raclements de gorge du moteur, certains dormaient paisiblement, la tête enturbannée posée sur leur bras ou sur les accoudoirs au rembourrage déchiré.

L'autocar, aux amortisseurs fatigués, s'arrêtait dans presque tous les villages. Pour le déjeuner, il ne faisait pas de halte devant une gargote. Chacun, s'il le pouvait, apportait son manger, généralement du pain, quelques olives, des figues sèches, des tomates ou un bout d'oignon. On avait le droit de rouler son tabac, de priser, de chiquer et même de cracher par terre. Au-dessus du levier de vitesse, une boîte de biscuits maculée de traces de cambouis servait de caisse au chauffeur, qui resta durant tout le trajet vissé à sa place. Coiffé d'une chéchia à la couleur rouge vif, le visage cuivré et les moustaches tombantes, il ne descendit que pour aller, avec deux ou trois fellahs, uriner au bas de la route, derrière un monticule de grosses pierres.

Jaune et plat, le paysage défilait naturellement moins vite qu'à travers la vitre du Setra Kassbohrer à suspension pneumatique qui pouvait facilement atteindre les cent kilomètres à l'heure. Parsemée de cailloux gris et de touffes d'herbe, l'immensité, qui annonçait la marche triomphante du désert vers le Nord, était parfois veinée de terre rouge et d'oueds squelettiques. Comme la pluie, les arbres étaient rares. C'était le domaine des sauterelles et de l'alfa que son père arrachait, chaque été, pour le compte de la S.G.H., la Société générale des hauts plateaux, qui commercialisait aussi des nattes, des paniers, des tapis et des couscoussiers. Le reste de l'année, il s'occupait de sa poignée de chèvres et louait pour presque rien ses bras là où on voulait bien de lui.

L'histoire de cette plante, qui constituait son seul horizon, l'avait poursuivie jusque dans les Papeteries de la Feuilleblanche où il était entré sans diplôme et sans formation. Avec ses fibres souples et courtes, elle servait, bien avant les résineux et le feuillu importé du Canada et d'Europe, à la fabrication de la pâte à papier. À chaque rentrée scolaire, le directeur, qui appréciait son sérieux, lui offrait pour ses enfants des cahiers sortis tout chauds des machines.

Le nez collé contre la vitre, il entendait la poule s'agiter dans le couffin comme si elle aussi était heureuse de faire ce grand voyage, de contempler la mer qu'il n'avait jamais vue, même pas en rêve. Il pensa aussi à ses jeunes cousins qu'il avait rencontrés aux noces de sa sœur, mariée à quatorze ans à un ouvrier agricole qui vivait avec ses parents dans le hameau voisin. Ce fut la seule fois où il vit le visage de sa mère légèrement maquillé, les yeux discrètement soulignés de khôl. Il était fier aussi d'accompagner matin et soir, pendant quatre jours, son père dont les chaussures au cuir crissant brillaient de mille feux. Enveloppées dans une feuille de journal, il les sortait rarement de l'armoire en contreplaqué.

Aux alentours de dix heures du matin, l'autocar stoppa devant un barrage dressé sur la route qui portait des traces des vents de sable fréquents dans cette région. La guerre aussi y laissait souvent les siennes, sanglantes et meurtrières. Puissamment armés et équipés d'une radio de campagne qui grésillait, les militaires aux chapeaux olivâtres contrôlèrent les passagers qu'ils firent descendre un à un et fouillèrent longuement le véhicule. L'un d'eux monta sur le toit pour vérifier les gros bagages. Il poussa du pied un mouton entravé à la galerie qui, effrayé, s'était mis à bêler. Au loin, un hélicoptère tournait dans le ciel d'un bleu profond en bourdonnant comme une énorme mouche.

Toute sa vie, il se souviendra que son père avait tremblé en tendant sa carte d'identité sortie avec fébrilité du fond de son burnous.

6

À l'heure du déjeuner, comme une grosse couleuvre, le Setra s'était doucement faufilé dans l'aire d'autoroute bordée de buissons et d'arbres. Encombrée de voitures, de caravanes et de poids lourds dont plusieurs étaient immatriculés à l'étranger, elle semblait, malgré l'espace qui l'environnait, au bord de l'asphyxie. Dans une lumière rasante, des odeurs d'essence, de caoutchouc brûlé, d'herbes sèches et d'huiles usées flottaient dans l'air épais. Entre les sigles commerciaux et les slogans publicitaires, des clients et des routiers circulaient en short, comme l'homme au crâne rasé qui promenait son chien sur le boulevard Gallieni.

Bercés par une musique d'aéroport, les sanitaires et les boutiques ne désemplissaient pas. Des enfants se rafraîchissaient en offrant leurs têtes aux robinets ou en tétant lentement la paille de leurs canettes. Les plus énergiques grimpaient en criant sur les toboggans et les structures gonflables surmontées d'un clown géant à bretelles et chaussures vertes au bout arrondi. Tout là-haut où il devait faire au moins cinquante degrés au-dessous de zéro et à une dizaine de kilomètres de son drôle de couvre-chef, un avion des grandes lignes filait vers d'autres pays, vers d'autres continents.

Parti avec cinq cents litres de gas-oil dans le ventre, l'autocar n'avait pas besoin de s'arrêter à la station-service où on offrait cette fois aux bons clients un jeu de tarot ou un roman policier. Les enfants avaient droit, eux aussi, à un petit cadeau. Le chauffeur, qu'une envie de fumer taraudait depuis toujours, s'était rangé près d'un semi-remorque à la porte arrière solidement cadenassée. Les traits tirés et les cheveux en bataille, le routier, un costaud aux biceps impressionnants, gardait, tout en léchant un cornet de glace, un œil vigilant sur sa précieuse cargaison.

Avec un bruit semblable à un soupir de soulagement, les portes latérales s'ouvrirent lentement pour libérer les passagers. Après avoir étiré leurs membres engourdis, il leur fallait à présent affronter l'intensité de la lumière et les blocs de chaleur qui succédaient à la fluidité transparente de l'air conditionné.

Quelques-uns se rendirent directement au self. Sa grosse cheminée, son crépi blanc et ses poutres de soutènement tentaient de lui donner l'allure d'une chaumière où il ferait bon vivre. Ses larges baies vitrées et ses cuisines s'ouvraient sur les champs semés de pieds de pylônes, de piquets, de fûts et de ballots de foin emballés dans du plastique noir. Près d'une serre, une rampe d'arrosage tournoyait comme une toupie nerveuse au milieu d'une mer de maïs aux épis chevelus.

Les plus pressés ou les plus économes préféraient, autour d'une table en ciment fixée au sol, manger leurs en-cas enveloppés dans du papier aluminium et boire un gobelet de café du distributeur qui proposait aussi des soupes chaudes. Prudent, le monsieur au visage anguleux avait, à cause du soleil, remis sa casquette sur la tête. Avec des gestes toujours précautionneux, il vidait le panier de victuailles préparé méticuleusement la veille. Puis, sous le regard attentif de sa femme, il posa des assiettes en porcelaine, deux verres à pied, ouvrit un pot de moutarde et déplia des serviettes à carreaux rouges et blancs.

À l'ombre d'une estafette chargée jusqu'au toit de marchandises, une famille d'émigrés discutait autour d'une grande bouteille de limonade en grignotant du fromage et en grappillant du raisin sorti de la glacière. Elle venait du Nord-Pas-de-Calais et se dirigeait vers le port de Marseille ou peut-être celui d'Alicante. La première fois, il avait débarqué, lui, à Port-Vendres, un mois de décembre. Durant presque trois jours et sous un ciel de froidure et de pluie, le bateau n'avait pas cessé de tanguer. Les yeux cernés et le cœur dans la bouche, il n'arrivait pas à retrouver le sommeil ni l'appétit. Il mit une semaine pour se remettre.

Au self, il prit une salade, du poisson et un demi. Devant lui, l'homme qui lui rappelait un peu le célèbre lieutenant de la série policière garnissait avec soin le plateau de sa mère. À chacun de ses choix, elle acquiesçait en faisant, comme d'habitude, danser ses boucles d'oreilles. Dans le coin non-fumeurs, il lui coupa la viande qu'elle portait délicatement à ses lèvres qu'elle venait d'embellir avec un bâton de rouge. Puis il se leva pour lui ramener un second dessert, cette fois à la crème et au chocolat. La mine gourmande et les lunettes sur le front, elle le dégusta lentement avant de s'essuyer la bouche avec élégance. Près d'eux, la jeune femme à la tunique indienne préparait un biberon pour son bébé qui pleurait dans les bras de son père. Légèrement bedonnant, le chauffeur, un familier des lieux, s'offrit un œuf mayonnaise, un tournedos cuit à point, un flan caramel et un quart de côtes-du-rhône. Tout en fumant voluptueusement une cigarette, il se mit, en buvant une tasse de café, à lire le mensuel consacré à l'automobile qu'il avait acheté à la boutique d'à côté avec une plaquette de chewing-gum et des grilles du Loto. Sur la couverture en quadrichromie, la berline dernier modèle, célébrée tout à l'heure sur les ondes de la radio, étincelait comme un beau verre rempli de soleil. Dix minutes plus tard, il poussa sa chaise, serra la ceinture de son pantalon, chaussa ses lunettes noires et se dirigea, avec un grand sourire, vers la sortie. L'autocar était prêt à partir.

7

Massif et tranquille dans son saroual flottant et sa blouse bleue, l'oncle les attendait à la gare routière surveillée par des policiers en uniforme. Il tenait, dans le quartier populeux de Médioni où il habitait, une modeste épicerie aux odeurs de cannelle, de savon et de cumin. Il n'avait pas peur de faire crédit. Il prenait son crayon coincé derrière son oreille, le suçait puis, le sourcil relevé, notait laborieusement sur un carnet tout froissé les sommes dues. Il vendait aussi des figues de Barbarie, du pétrole au détail et du lait qu'il puisait dans un bidon en fer-blanc. Comme cadeau de bienvenue, il lui avait donné une poignée de bonbons et de caramels qu'il avait retirés d'un bocal en verre au couvercle caoutchouté.

Le lendemain matin, l'oncle, qui claudiquait légèrement, les conduisit à l'hôpital où son père passa une radio pour ses poumons malades qui le faisaient souvent tousser. Avant de repartir pour le douar, ils prirent un bain revigorant et mordirent, en buvant du thé, dans les beignets chauds servis au hammam. Ils firent aussi un tour au souk qui alignait, en face de la maison d'arrêt où la guillotine avait de nouveau fonctionné, ses nombreuses échoppes le long de ses ruelles fraîches et ombreuses. À la sortie, ils s'étaient désaltérés avec les gobelets en cuivre que le porteur d'eau, vêtu lui aussi d'un saroual, remplissait avec son outre en peau de chèvre tannée.

Pendant leur court séjour, ils s'aventurèrent un peu dans la ville. Malgré la tension et les attentats de plus en plus nombreux, elle leur paraissait mystérieuse, infinie et pleine de séductions.

Ils retournèrent dans le même autocar, accueilli à la tombée de la nuit par les glapissements du vent et les aboiements des chiens que les nomades n'attachaient jamais. À la recherche de nourriture, le museau frémissant et le poil jaune, quelques-uns d'entre eux venaient gratter aux portes ou renifler dans les marmites et les assiettes. Parfois, il les voyait creuser frénétiquement le sable comme s'ils voulaient déterrer les os d'un chameau endormi là depuis l'éternité.

De cette visite enchantée, il gardera l'image de sa petite cousine, une brunette aux longs cheveux noirs qui baissait les yeux quand il la regardait. Il se souviendra aussi des cireurs qui avaient son âge, de leurs boîtes rectangulaires, de l'horloge en pierre du port, du stade municipal et des deux lions en bronze qui trônaient fièrement à l'entrée de la mairie. Longtemps, il aura dans la bouche, lui qui avait souvent faim, le goût de la sardine à la tomate et à l'ail, le premier poisson de son existence qu'il venait, grâce à la femme de son oncle, de découvrir.

Il n'avait qu'un seul regret, il n'était pas allé au Victoria, le cinéma qui se trouvait près de la fontaine publique et dont la belle entrée aux colonnes en stuc et les affiches en couleurs l'avaient grandement impressionné. L'un de ses cousins lui avait donné une forte envie de s'asseoir dans l'un de ses sièges en lui racontant avec enthousiasme le dernier film qu'il venait de voir. Tournée en Inde, l'histoire se déroulait dans la jungle profonde et cruelle, avec des tigres, des éléphants, des gros serpents et des flèches empoisonnées. Avec exaltation, il lui décrivait les batailles enragées qui opposaient des guerriers presque nus et des envahisseurs portant des vareuses rouges et des casques blancs. Il lui avait également parlé du dessin animé plein de drôleries et de poursuites effrénées dans lequel un chat et un canari se chamaillaient à coups de marteau, de fusil et même au canon.

Il comprit aussi que son père, pâle et les joues creuses, était gravement atteint. Il commençait à cracher du sang. Cinquante ans après, il entendait encore sur le carrelage de l'hôpital le crissement de ses chaussures en cuir, son seul luxe. Il aurait eu honte de demander aux jeunes cireurs faméliques et dépenaillés qu'ils avaient vus sur les boulevards et sur les places publiques de les faire briller. À son retour, il les frotta avec sa salive, les enveloppa dans le journal et les remit au fond de l'armoire qui n'avait pas de glace.

Bien des années plus tard, accompagné de sa cousine qu'il avait épousée et de ses deux premiers enfants, il retraversa la mer qui l'avait fait rêver pour se recueillir sur la tombe paternelle. Il revit le bol jauni par le temps qui avait été, le jour des funérailles, planté dans la terre sèche et grise. Toujours vulnérable et poussiéreux, avec ses maisonnettes en torchis et ses ruelles en terre battue, le douar n'avait pas changé. Maintenant déserté par les nomades, partis avec leurs chiens s'installer plus haut, vers la plaine, il continuait, comme l'éolienne rouillée, de griller au soleil tel un insecte sans ailes et sans avenir.

8

Quelques minutes après le déjeuner, au moment de la digestion et peut-être de la sieste, l'autocar, qui avait à peine parcouru une dizaine de kilomètres, connut une certaine agitation. Personne n'aurait pensé que la jeune femme à la tunique indienne, qui venait de faire cliqueter son coupe-ongles au bout de ses doigts, allait se lever d'un bond de sa place. D'une voix inquiète et le bras tendu comme si elle appelait au secours, elle annonça au chauffeur qu'il avait oublié d'embarquer le vieux couple. Gardant son calme comme les bons capitaines, il fit, à la première bretelle, demi-tour et fonça pour récupérer les deux naufragés. Sur l'aire toujours encombrée, ils l'attendaient devant le self, patients et presque résignés. Le panier posé à ses pieds, la dame souriait comme si on leur avait fait une bonne blague. Ils s'étaient tout simplement attardés dans les toilettes où il y avait eu de l'embouteillage. Confus, le chauffeur descendit pour les accueillir avec des excuses. Quatre ou cinq passagers leur dirent des mots de sympathie. Sans se hâter, le vieux rangea le panier dans la galerie métallique, ôta sa casquette et s'épongea de nouveau le crâne avant de s'asseoir. Alors que les portes se refermaient, son épouse lui prit tendrement la main et déposa un baiser sur sa joue ridée.

Avant de redémarrer, comme pris de remords, le chauffeur tenait, en s'excusant une fois encore, à raconter l'histoire autrement plus grave qui lui était arrivée en juillet de l'année précédente. Un matin d'intense circulation, il s'était arrêté sur une aire avec un groupe d'enfants assez excités qui partaient pour une quinzaine de jours en vacances dans les Alpes-Maritimes. Une jeune monitrice avait grondé l'un d'eux, un rouquin au regard teigneux qui devait avoir sept ou huit ans. Vexé comme un pou, il se mit à courir et traversa l'autoroute pour rejoindre, au milieu des hurlements, des klaxons et des coups de frein affolés, la station-service qui se trouvait de l'autre côté. La panique s'empara de tout le monde. Grands et petits s'étaient, selon lui, brutalement retrouvés dans un film catastrophe. Le chauffeur ne savait pas par quel miracle le gamin avait échappé aux voitures et aux poids lourds qui avaient failli l'écrabouiller comme un œuf. Ce fut, conclut-il avec un accent tragique, une journée noire qui était restée gravée, comme une cicatrice, dans sa mémoire. Puis, dans un mouvement presque théâtral, il tourna le dos aux voyageurs, se cala dans son siège, régla son rétroviseur et ajusta ses lunettes de soleil. Protégé par saint Christophe dont le médaillon était accroché près d'une boîte de mouchoirs en papier posée dans un coin du pare-brise, il était prêt, avec son dix-huit tonnes, à faire face aux redoutables pièges et aux mauvaises surprises de l'autoroute qui s'ouvrait une fois encore devant lui.

9

Il avait quinze ans quand son père mourut de la tuberculose. C'était un jour de juin où le soleil avait sorti ses couteaux. Il enterra son frêle corps enveloppé dans un linceul blanc dans le petit cimetière situé à quelques mètres du campement des nomades. La tombe, sans nom, fut marquée d'une simple pierre grise et d'un bol en terre cuite rempli d'eau du puits. Il prit sa place d'arracheur d'alfa et travailla, en automne, à la réfection d'une route vicinale qui conduisait au village de Ouled Sidi-Bouzid. Au bout de deux mois, le chantier fut abandonné. Les militaires avaient déclaré la région zone interdite. Pour couper les paysans des insurgés, ils les regroupèrent dans des territoires éloignés de leurs communes d'origine. Hommes, femmes, enfants et vieillards s'étaient retrouvés ballottés dans des camions avec leurs maigres biens, des couvertures, un réchaud à pétrole, une auge en bois pour rouler et servir le couscous, une table basse, un brasero. Il entendait, à cause des secousses, la vaisselle trembloter dans un cageot à légumes. Pour éviter qu'elles ne se cassent, les lampes des quinquets étaient enroulées dans un vêtement épais.

Les conditions de vie furent encore plus dramatiques, surtout en hiver. Le vent et le froid étaient plus tranchants que les pointes du barbelé qui quadrillait le paysage. Il décida alors de partir pour la ville où habitait son oncle paternel. Il lui avait fallu convaincre sa mère de l'accompagner dans ce grand voyage. Elle n'avait jamais quitté le douar, sinon pour retrouver sa fille qui vivait dans le hameau situé à quatre kilomètres de là. Les mains jamais vides, elle y allait chaque vendredi à pied et revenait en fin d'après-midi. Elle en profitait pour honorer la sépulture du marabout et lui demander, avec sa voix douce et presque timide, de guérir son mari et de protéger les siens. Le sanctuaire était planté au milieu d'un champ, juste au-dessus d'une cuvette où poussaient au printemps des lauriers-roses. Dominé par un palmier anémique et badigeonné à la chaux vive, il brillait, les jours de forte canicule, comme un miroir à la lumière incandescente. Quand il s'y rendait avec sa mère, il essayait de capturer avec la main les lézards qui frétillaient sur le muret comme des poissons vifs et cuivrés. Il ne réussissait à attraper que les tarentes, plus lentes et plus lourdes. Ce qui l'avait à la fois effrayé et fasciné, c'était la marée brune, longue de plusieurs kilomètres, des criquets pèlerins qui étaient un jour passés au-dessus de sa tête. Ils allaient, plus loin, ravager les récoltes, les feuilles et parfois l'écorce des arbres. On les vendait sur les marchés comme remèdes miracles contre certaines maladies, et quand on les croquait ils avaient un goût de cacahuète.

Un matin, sa mère se réveilla, l'air décidé. Elle serra dans un grand mouchoir les trois louis d'or, une paire de bracelets en argent et une bague qui lui restaient de sa dot, les fourra entre ses seins, se voila et le suivit. Tout le long du trajet, quasiment muette et les pieds ramenés sous le siège, elle demeura sans bouger au fond du Saviem. Elle tenait pincé au niveau de son œil droit son haïk blanc dans lequel elle s'était soigneusement drapée. Elle ne l'entrebâillait que pour manger de la galette de blé, des dattes et boire de l'eau qu'elle avait emportée dans une gourde recouverte de toile de jute.

En plus du couffin, ils avaient pris avec eux le strict minimum, vendu les chèvres et donné le reste aux voisins les plus pauvres. Sa sœur, qui venait d'avoir son deuxième enfant, un garçon auquel elle avait donné son prénom, était venue avec son mari les saluer. Avant le départ, elle lui glissa dans la poche quelques billets. La veille, ils allèrent tous se recueillir, sous le regard de petits nomades, sur la tombe du père et remplir d'eau le bol en terre cuite au bord ébréché. Cette nuit-là, il avait fait très froid.

10

Ironique, mordante et légèrement éraillée, la voix avait, juste après le poste de péage, investi le Setra qui mangeait sans se fatiguer depuis trois heures des kilomètres d'enrobé. Il restait encore une bonne moitié de la route à faire. Pour se protéger contre la lumière qui l'attaquait de face, le chauffeur avait incliné le pare-soleil de toile mauve. En été, plus que les moustiques qui venaient s'écraser contre le pare-brise, il craignait les guêpes qui viendraient danser autour de son gros nez.

Pour offrir de l'ombre à sa mère, l'homme au crâne rasé tira le rideau aux couleurs vives. Dans cette sorte de pénombre légère et reposante qui s'était installée, la voix devenait plus intime, moins dispersée. Elle était chargée d'une joyeuse hargne dont la fraîcheur secouait la torpeur qui s'était peu à peu emparée des êtres et des choses. Elle raillait avec efficacité les lubies, les fausses promesses et les dernières bourdes de quelqu'un dont on devinait l'importance. Elle imitait avec aisance ses tics, ses intonations traînantes et sa mégalomanie, paraît-t-il, galopante. L'oreille comblée et l'air satisfait, le chauffeur jeta des regards dans le rétroviseur pour observer si les clients partageaient son plaisir. Des gens souriaient aux saillies, aux piques empoisonnées qui semblaient les venger des puissants et des prétentieux. En voyant leur mine réjouie, il espérait que les deux vieux, qu'il avait sans le vouloir laissés en rade, lui pardonneraient très vite son étourderie. Tout à coup, sans crier gare, il réduisit sa vitesse et le Setra roula au pas avant de s'arrêter derrière la file compacte des véhicules qui avaient mis leurs klaxons en berne. Le moment était grave. Comme pris, lui aussi, d'une compassion soudaine, le chauffeur éteignit alors la radio d'où sortait la voix du célèbre humoriste qui asticotait une personnalité politique très connue, le Président de la République en personne.

À ciel ouvert et sous le soleil chauffé à blanc, le

spectacle qui s'offrait à présent à ses yeux était moins drôle. Une violente collision avec une camionnette avait éventré une Peugeot 205 qui gisait, sur le bas-côté, les roues en l'air et une portière arrachée. Les gendarmes et les secours étaient là. Sur un ton un peu triste, des passagers, qui avaient une vue imprenable sur l'accident à cause de la hauteur de l'autocar, faisaient des commentaires fatalistes, presque las. D'autres préféraient s'enfoncer dans leur silence. Comme s'il était à la fenêtre de sa maison, l'homme au crâne rasé fit glisser le rideau et vit le malheureux conducteur couché sur le sol, le corps ensanglanté et à moitié dévêtu. D'un geste vif, sa mère mit ses mains sur ses yeux et se blottit, comme une enfant effrayée, contre la robuste épaule de son fils.

Miraculeusement indemne et encore sous le choc, le propriétaire de la camionnette à l'avant complètement défoncé donnait, avec de grands gestes, sa version des faits au capitaine de la maréchaussée qui l'écoutait, le képi relevé sur le front. Non loin d'eux, derrière la clôture qui courait le long d'une rangée d'abricotiers, une vache broutait sans état d'âme l'herbe rêche et jaune. La contrée ne connaissait pas encore, comme certaines régions au pays, une sécheresse longue et parfois définitive.

Après le départ de l'ambulance, des pompiers et l'intervention de la dépanneuse qui avait l'air d'une grosse sauterelle en fer, la circulation reprit normalement son cours. En quittant l'autoroute, le Setra Kassbohrer 215 HD, qui n'avait jamais eu la moindre éraflure ni connu de panne, passa tranquillement devant les silhouettes sombres qui rappelaient froidement le nombre de morts survenues sur ce tronçon de départementale. Étroit et sinueux, il conduisait, entre deux collines plantées de coquets pavillons aux toits pentus, à la ville voisine où des voyageurs descendirent, le pas un peu lourd et les paupières clignant au soleil. Profitant de cette pause, les fumeurs les suivirent pour griller une cigarette ou deux avant de rejoindre, comme au théâtre, leurs places.

Devant la scène de tout à l'heure, en pensant à son fils et à la nuit du dimanche 16 janvier, il avait lui aussi, comme la vieille dame, fermé un moment les yeux avant de boire une grande gorgée d'eau et de jeter un regard sur sa montre-bracelet.

11

Après les avoir hébergés pendant huit mois, l'oncle, qui buvait presque un litre de café par jour, leur trouva, à trois rues de chez lui, une pièce dans une bâtisse informe et surpeuplée. Six familles s'y entassaient autour d'une cour au sol cimenté où se mêlaient les odeurs de nourriture, d'eau de Javel, de crésyl et d'humidité. Faute d'espace, on faisait, souvent à ciel ouvert, sa cuisine et sa lessive. La fontaine, les toilettes à la turque et les fils à linge étaient communs. Comme au douar, on s'éclairait au quinquet à pétrole ou à la bougie. On se chauffait et on préparait le repas avec un brasero ou une bouteille de Butagaz, pour les plus argentés. De temps à autre s'élevaient l'éclat d'une dispute, les pleurs d'un nouveau-né, les cris d'une maman ou d'une poule qu'on égorgeait.

Cette fois, il ne rata pas l'occasion de découvrir la magie d'une salle de cinéma où il se précipita, le cœur battant, pour savourer un film de gangsters en noir et blanc. Il se rappellera toujours avec délice sa première frayeur devant l'écran du Victoria bordé de velours noir. Ce dimanche-là, il voyait, sur une musique lancinante, Eddie Constantine, les sens en alerte, pénétrer dans une cuisine plongée dans une pénombre inquiétante. Avec ses yeux luisants et son air tendu, il comprenait que Lemmy Caution, affublé d'une gabardine et le feutre penché en arrière, allait vivre un épisode palpitant de sa carrière. L'affaire était sérieuse. Accroché à son siège, il le vit alors, le revolver à la main, dangereusement approcher d'un grand frigo blanc qu'il ouvrit soudain d'un geste vif. Un cadavre tout recroquevillé y dormant sereinement tomba comme un paquet de linge sale sur le carrelage. Pour se remonter le moral, le sympathique détective à l'accent américain alluma une cigarette, tira une bonne bouffée et se servit un bon verre de whisky. Maintenant, toujours aussi perspicace que vigilant, il était prêt à reprendre son enquête.

La guerre avait fini par les rattraper jusqu'ici. Sa mère, qui ne s'était jamais remariée, avait de plus en plus peur pour lui. Elle lui avait dit que, lorsqu'il était bébé, elle mettait, après l'avoir fait sept fois tourner au-dessus de sa tête, du sel sous sa couche pour le préserver du malheur. Aux attentats succédaient les rafles et les arrestations. Le Victoria avait fermé ses grilles. Sur le fronton à l'enseigne cassée, les affiches tombaient en lambeaux. La plupart des enfants n'allaient pas à l'école. Les fillettes restaient à la maison jusqu'à leur mariage. Quelques-unes apprenaient la couture, d'autres étaient bonniches. Les garçons essayaient d'aider leurs parents en vendant du maïs grillé, des cigarettes au détail, des gâteaux de semoule faits à la maison ou des savonnettes parfumées comme celle que sa mère avait offerte à la femme de son oncle qui était très gentille. Les plus chanceux devenaient apprentis chez des artisans qui les payaient chichement. D'autres portaient le panier à provisions bien plein des dames des quartiers européens. Le ventre souvent vide, les petits cireurs étaient toujours là, tambourinant sur leur boîte pour signaler leur présence. Quelquefois, en traversant le centreville pour descendre au port, il les voyait, à la sortie des bureaux et aux abords des beaux magasins, se disputer violemment les clients bien habillés qui leur tendaient les pieds avec complaisance.

Pour gagner sa vie, à la sortie du marché, il proposait, sur un morceau de carton, une dizaine de boîtes de tabac à chiquer, des paquets de safran, des lames de rasoir et des bottes de persil et de menthe qu'il aspergeait de temps en temps d'eau. Il s'était fait des amis. Des gens simples et modestes. Ils étaient toujours ensemble. L'un d'eux lui fit connaître le cafetier du quartier dont le frère était chef d'équipe. Ce dernier lui trouva un emploi de docker. Un rude métier qui ne lui faisait pas peur. Il était assez costaud et ses poumons étaient plus solides que ceux de son père.

C'est en regardant s'éloigner les navires marchands que le désir de quitter le pays s'était un jour insinué en lui.

12

Il aimait bien son métier de deuxième de machine aux Papeteries de la Feuilleblanche, une entreprise créée durant les dures années de la conquête coloniale de l'Algérie. Héritier d'une riche famille protestante de Provence, son fondateur, un ancien notaire, avait fait le coup de feu contre les troupes du Cheikh Bouamama, un résistant du Sud Oranais. Depuis plus d'un siècle, la pose martiale, la redingote grise et les moustaches vaillantes taillées en pointe de sabre, il trônait dans son cadre doré au-dessus de la belle entrée en bois sculpté. Il avait donné son nom à une avenue, à un complexe sportif, à un centre de loisirs et à l'école primaire que son fils avait fréquentée depuis la maternelle.

Une odeur d'alcool, d'encre, de colle, de

vernis et de plastique fondu flottait toute la journée dans l'atelier de façonnage au plafond très haut. La vapeur montait des étuves où tournait une bouillie cotonneuse qui se transformait en pâte tiède puis en papier. Presque chaque jour, il voyait défiler sur le tapis mécanique des cahiers de différents formats brochés, à feuilles détachables ou à spirale comme l'album où manquait la photo aux coins écornés de son fils. Il les empilait dans les cartons qu'il chargeait dans les chariots. De temps à autre, il caressait leurs couvertures pelliculées, aux couleurs chaudes, presque luisantes. Cela le rendait heureux de savoir que ses enfants et des milliers d'élèves avaient la chance de les toucher, de les ouvrir, de les remplir de lettres, de dessins, de chiffres, de traits. S'étendant sur plusieurs hectares, l'entreprise fabriquait aussi des ramettes, des carnets, des agendas, des classeurs. Une partie de la production était enlevée par le train de marchandises qui arrivait jusque dans la zone de stockage. La première fois qu'il vit un train dans sa vie, c'était quand il partit avec son père pour la ville. Il lui en était resté une image rapide, fuyante et hachurée par les poteaux télégraphiques. Pendant quelques secondes, les wagons pleins et le museau noir, il avait roulé parallèlement au Saviem, puis l'avait laissé loin derrière lui.

Avant de dénicher cette bonne place, il avait travaillé comme homme à tout faire dans une ferme, près de Port-Vendres où il venait de débarquer. Il dormait dans une cabane à côté des chais de vin rouge qui exhalait une odeur âpre et qu'on coupait avec des crus importés d'Algérie. Il devint ensuite manœuvre sur les chantiers d'un hôpital et d'une maison de retraite. Un moment, pour obtenir un meilleur emploi, il avait essayé de décrocher le permis poids lourds. Il y renonça après trois échecs au code de la route. Il n'avait jamais rêvé de conduire une voiture équipée de systèmes électroniques, mais un gros et solide camion, avec des roues hautes et un siège confortable. En dormant dans la cabine, il serait allé d'un endroit à un autre, comme les nomades pour lesquels il ressentait beaucoup d'affection. Comme eux, il avait déménagé plusieurs fois avant de trouver une petite chambre dans un centre d'accueil, rue Valentin-Haüy, tenu par une association caritative pour laquelle il avait repeint le local. C'est un curé passionné par le Tour de France et par le jeu de boules qui l'avait recommandé au chef du personnel des Papeteries qui fréquentait sa paroisse.

Profitant de son mois de congé, il retourna au pays pour se marier. Dans les lettres qu'elle s'était fait écrire elle aussi, sa mère lui disait qu'il était temps pour lui de penser à fonder un foyer. Cet été-là, il était heureux d'épouser sa cousine aux longs cheveux noirs qu'elle avait choisie pour lui. Il était content de revoir ses amis et sa sœur qui venait d'avoir son quatrième enfant. Elle avait fini, elle aussi, par s'installer avec sa famille dans la grande ville. Son mari, qui avait offert l'un des trois moutons de la noce, avait abandonné son métier d'ouvrier agricole pour être embauché par la mairie, au service du nettoiement. Ils avaient quitté le hameau et leur maisonnette en pisé pour habiter dans une cité HLM du Petit-Lac dont les minuscules balcons barrés de linge surplombaient un entrepôt de carburant et la ligne de chemin de fer menant vers la capitale. C'est dans leur appartement, où vivait également sa mère, que le mariage fut célébré. Pour cette heureuse occasion, il avait fallu, en raison de l'étroitesse des pièces, réquisitionner la terrasse pour accueillir, sous une guirlande d'ampoules, les hommes et le modeste orchestre de trois musiciens amateurs recrutés dans le quartier pour animer la soirée. Le lendemain, les femmes s'emparèrent à leur tour de la terrasse. Protégées des ardeurs du soleil par une bâche et des draps tendus entre les murs, elles célébrèrent, sous les rythmes et les chants des meddahates, la splendeur de la mariée qui changea cet après-midi-là plusieurs fois de robe.

Quelques mois plus tard, sa jeune épouse avait courageusement remisé son haïk au fond de l'armoire, enfilé un pull de grosse laine et une jupe qui lui tombait jusqu'aux genoux, laissé couler ses longs cheveux sur ses épaules, puis s'était rendue, escortée par l'ombre massive et attendrie de son père, à l'aéroport. Un peu perdue et un passeport tout neuf dans la poche de son manteau, elle, qui n'avait jamais voyagé, prit l'avion pour le rejoindre dans la ville traversée par le fleuve. Au printemps de l'année suivante, son fils naquit à l'hôpital central, un jour d'avril où il avait fait très beau. Il lui donna avec joie le prénom de son père. Il perpétuait ainsi le souvenir d'un être qui avait mal à la poitrine mais dont le cœur était plein de bonté. Celui d'un grand-père qu'il n'avait pas connu et qu'il aurait certainement aimé s'il avait été encore en vie.

13

La nuit de ses noces, il était passé, comme le voulait la tradition, sous la jambe de sa mère. Comme si elle le mettait au monde une seconde fois, elle avait, au milieu des youyous et des sons joyeux de la derbouka, appuyé la plante de son pied couverte de henné contre le chambranle de la porte qu'elle referma derrière lui. Sa cousine l'attendait dans sa robe de satin, une voilette en mousseline baissée sur son visage aux traits réguliers et au front haut. Émue et timide, les bras gantés jusqu'aux coudes, elle était assise sur le lit qu'il venait d'acheter avec une gazinière et une armoire qui avait cette fois une glace et des poignées dorées.

Il avait ramené dans son bagage le costume de mariage, une belle chemise en soie et des chaussures qui brillaient comme celles de son père. Il avait apporté aussi un moulin à café et un robot électriques, des bananes, des cadeaux et un coupon de tissu pour sa mère.

Il se rappelle que ce soir-là il y avait, près du ventilateur, une grande assiette de gâteaux et des tranches de melon. Dans la chambre qui sentait bon, la lumière tamisée de la lampe ajoutait au souvenir de cette nuit qui ouvrait une nouvelle fenêtre dans le quotidien de sa vie. Les femmes avaient dansé et chanté en exhibant un morceau de drap blanc taché de sang. Puis, en se frayant un chemin parmi elles, il était remonté sur la terrasse pour rejoindre les hommes assis autour des trois musiciens et de tables rondes et basses sur lesquelles le repas fut servi avec de la limonade et du thé. Une chorba bien relevée, une salade de poivrons grillés, du mouton aux pruneaux et des clémentines composaient le menu servi sous les étoiles. On n'avait pas oublié les amateurs de sensations fortes. Des petits piments rouges, trois casiers de bière et un jerricane de vin de cave les attendaient.

Vers deux heures du matin, les invités partis, il retourna dans la chambre, enleva ses chaussures qui le serraient un peu, plia son costume et sa chemise sur le dos d'une chaise et s'étendit près de celle qui était une fois pour toutes rentrée dans son existence.

Depuis qu'il l'avait vue pour la première fois aux noces de sa sœur, il n'avait échangé avec sa cousine qu'une poignée de mots et quelques regards. Même quand il habitait avec sa mère chez son oncle, il n'était jamais sorti avec elle et aucune intimité ne les avait réunis. Ils s'étaient retrouvés devant le cadi et l'officier d'état civil pour confirmer, en présence de leurs proches, leur consentement, puis la date des épousailles fut fixée. Il lui était resté fidèle et discrètement attentif. Comme ses parents, ils s'étaient toujours respectés.

Après presque trente ans de vie commune, ils n'avaient pas osé se dire, devant leurs enfants ou en public, leur amour et, encore moins, se toucher, s'embrasser. Son épouse ne posera pas tendrement ses lèvres sur sa joue rugueuse ou sa tête contre son épaule comme l'avaient fait tout à l'heure la vieille dame et la femme à la tunique indienne qui s'était assoupie, la revue ouverte sur ses cuisses. Lui, qui n'aurait pas non plus porté de short comme l'homme au crâne rasé, ne s'était jamais assis avec sa femme à une terrasse de café ou dans les fauteuils d'une salle de spectacle. Il ne lui avait pas non plus offert de fleurs, ni ne l'avait emmenée dans des îles lointaines. C'était comme ça entre eux, et cela avait été également pareil pour leurs parents et leurs aïeux. Ils étaient liés par une sorte de complicité silencieuse qui ne les avait pas empêchés eux aussi de se sentir bien ensemble et d'avoir quatre enfants. Des jeunes gens qui embrasseront, sereinement dans la rue, les personnes qu'ils aiment. Comme l'avait fait leur fils aîné avec sa ravissante et gentille fiancée, la fille d'un Charentais qui s'était, avec sa petite entreprise de chaudronnerie, installé depuis peu dans la région.

14

Son fils avait poussé, sec et noueux comme le bâton de son grand-père qu'il n'avait pas connu. D'ailleurs, il ne connaissait pas beaucoup les membres de sa famille qui vivaient au pays, où il s'était rendu en tout et pour tout deux fois. La première, au douar avec ses parents et son jeune frère pour se recueillir sur la tombe du grand-père, et la seconde pour passer un mois de vacances chez sa grand-mère et sa tante paternelles. Du côté maternel, il connaissait à peine ses oncles et ses cousins. Très tôt, par la force des choses et du temps, il était devenu orphelin d'une histoire familiale avec ses drames et ses joies, sa force et ses aspérités, ses signes de ralliement et ses divisions. Il ressemblait à un fil-deferiste qui avançait, sans balancier ni filet, le pied enfoncé dans le vide. Il était presque sans attaches, sans liens avec les siens pour qui il n'était peut-être plus qu'un fantôme oublieux et oublié. Il savait qu'il n'épouserait pas sa cousine ni aucune fille de là-bas, qu'il ne vivrait ni au douar ni dans la grande ville où il y avait encore une horloge en pierre et des lions en bronze qui gardaient l'entrée de la mairie.

Il savait surtout qu'il était irrémédiablement, définitivement d'ici. Il était né au bord du fleuve dans une ville qu'il aimait et où il avait ses amis et ses amours. De gré ou de force, elle lui appartiendrait à lui aussi, comme à tous les autres. Une ville qui, après le ciel gris et le mistral, s'ouvrait, l'été, à la foule, au théâtre, à la vie. Un moment, il avait fait partie d'une troupe amateur. Il aurait voulu être comédien et sillonner les routes. Il était plutôt timide avec ses grands yeux noirs et ses cheveux toujours sagement peignés, comme sur la photo que son père n'arrivait pas à trouver. Ce n'était pas de leur faute si, très tôt, une sorte de muraille invisible s'était dressée entre eux. Peut-être avaient-ils besoin de se faire peur pour mieux s'éprouver, se rencontrer. Il n'avait aucun souvenir précis de lui, ni du bruit de ses chaussures qui auraient crissé, ni de la toux qui aurait secoué sa poitrine. Il n'avait pas, comme lui, connu la guerre et la pauvreté. Ils n'avaient jamais vu une pièce de théâtre ou pris l'autocar ensemble, pour un voyage dont il garderait les petits détails qui font les repères d'une vie et le sel d'une mémoire qui ne se serait pas bêtement perdue.

Cette muraille était moins épaisse avec sa mère. Il se sentait plus à l'aise avec elle. Le silence qui les liait était plus riche, plus chargé d'émotion. Ses yeux lui parlaient et cela souvent suffisait à ses attentes. Il ne maîtrisait pas bien la langue de ses parents, mais il n'avait pas honte de leur accent lorsqu'ils tentaient de s'exprimer en français. Ils ne pratiquaient pas la prière et cela ne le dérangeait pas. Durant le mois de ramadan qu'il ne faisait pas, il ne mangeait pas devant eux. Il était fier du nom et du prénom qu'ils lui avaient donnés. Il était content de ses frères et de sa sœur qui travaillaient bien en classe. Le cadet, qui occupait à présent sa chambre, était en première année de médecine. Le second préparait son bac. Pour lui, les études avaient été plutôt chaotiques et médiocres.

Après son exclusion du collège, il avait tourné en rond et fini par faire des bêtises qui l'avaient conduit par deux fois devant les tribunaux. Il avait essayé de suivre des stages de formation. Tant bien que mal, il était devenu magasinier dans une grande surface, puis cariste dans une entreprise de matériaux de construction. Un jour, il avait connu une fille pour laquelle il aurait tout sacrifié. Il comprit tout à coup que son existence pouvait avec elle changer, devenir meilleure, moins aléatoire.

Très vite, il s'était senti plus apaisé, plus serein. Il allait l'épouser, avoir des enfants, bâtir des projets qu'il mènerait à terme. Cette fois, il irait jusqu'au bout de lui-même et de ses espérances. Ses parents seraient à leur tour apaisés, plus confiants, moins inquiets pour son avenir. Son père – il en serait heureux – pourrait alors s'abandonner sans crainte au sommeil.

15

Il avait beaucoup plu ce dimanche 16 janvier. Une pluie pesante et entêtée tombait sur le toit de la voiture. Cinq minutes auparavant, avant qu'ils ne s'enfoncent dans la nuit, sa fiancée et lui étaient bien au chaud au Cerf qui brame, une auberge située à une quinzaine de kilomètres de la ville. Par beau temps, on pouvait apercevoir de la terrasse les eaux vertes du fleuve glisser lentement derrière les peupliers et les saules pleureurs. Seules quelques tables étaient occupées dans la salle décorée dans le style rustique. Au-dessous d'une vieille horloge, des corbeilles de fruits et des grandes poupées habillées à la mode provençale étaient posées sur un buffet ancien. Près de la cheminée en brique surmontée d'une peinture à l'huile représentant une scène de chasse à courre, ils avaient fait un bon dîner pour fêter l'anniversaire de leur rencontre. La jeune serveuse, vêtue d'une jupe courte et d'un petit tablier orné de dentelle, avait été charmante avec eux.

En buvant du bordeaux, ils avaient parlé de tout et de rien, du dernier film qu'ils venaient de voir et du chômage qui commençait à montrer ses crocs. Ils avaient également évoqué leurs amis, un pâtissier de leur âge parti il y avait deux ans travailler aux États-Unis et un autre qui accomplissait son service militaire à Djibouti d'où il venait de leur envoyer une carte postale du lac Asale, avec ses montagnes de sel blanc qui miroitaient à l'infini.

Lui, il avait fait ses classes dans le Nord, à Lille. Il lui avait un peu décrit la vie de caserne, la rue Esquermoise, les cafés de la vieille ville et de la place du marché de Wazemmes, ses déplacements en train avec son gros sac en toile kaki. Elle l'écoutait, les coudes posés sur la nappe fleurie. Elle se sentait en confiance avec lui. Ils s'étaient connus l'année précédente, à L'Entracte, un café du boulevard Victor-Hugo aux banquettes de skaï rouge où beaucoup de jeunes se retrouvaient autour du billard, des jeux vidéo et de quelques verres. Elle portait cet après-midi-là un jean, un chandail à col roulé et un blouson en nylon noir. Elle avait les yeux bleus et il lui avait dit en plaisantant qu'aucun membre de sa famille n'avait les mêmes. Elle avait ri et ils ne s'étaient plus quittés. Elle préparait un diplôme d'infirmière et il venait souvent la chercher à l'école. Le jour de ses vingt-trois ans, elle lui avait offert un beau portefeuille en cuir marron qu'il gardait toujours sur lui.

Le vin était délicieux. Il avait ce soir-là un goût de tendresse. Quand ils se levèrent de table, il était aux environs de vingt-trois heures trente. Avant de démarrer, il l'avait embrassée, puis la voiture avait quitté lentement le terre-plein de l'auberge qui n'allait pas tarder à éteindre ses lumières.

16

Après six heures de voyage et sans avoir prononcé un mot, il était enfin arrivé en début d'après-midi à la gare routière flanquée d'une grande buvette et d'un kiosque à journaux. Pour revoir son fils, il n'aurait pas honte de parler, de demander avec son accent épouvantable de l'aide au conducteur qui se tenait près de la soute à la portière relevée. Le dos trempé de sueur et des fourmis dans les jambes, il lui tendit le bout d'une enveloppe de couleur bistre sur lequel sa fille avait écrit en gros caractères l'adresse de son grand frère. Tout en s'épongeant le front et le cou avec un mouchoir en papier, le chauffeur le renseigna avec sa voix chantante du Midi. Il devait prendre le bus numéro dix-sept qui stationnait de l'autre côté des guichets et descendre tout simplement au terminus. Il ne pouvait pas se perdre.

Sur le quai peint en blanc, il vit la femme à la tunique indienne soulever délicatement son fils du couffin et le déposer dans la poussette que son mari avait dépliée d'un coup sec. Derrière eux, l'homme au crâne rasé encourageait doucement sa mère qui semblait avoir peur de marcher, d'avancer dans les rues qui s'ouvraient, comme des gouffres, devant elle. Il lui fallait maintenant, lui aussi, pénétrer, sans crainte et sans colère, dans la ville, se laisser porter par son mouvement, par ses artères dont il ignorait la longueur et les noms.

Il regarda sa montre-bracelet. Il était treize heures quarante-cinq. Dans la lumière vive du jour, il lui faudrait également affronter la rumeur bourdonnante du centre et rester patient devant les encombrements et les feux qui dardaient leur œil rouge sur les boulevards. Au bout de l'un d'eux, il reconnut la fameuse place avec ses belles boutiques et son magnifique jet d'eau qui illustraient l'article du magazine que sa fille lui avait montré. Il pensa à sa femme et à ses enfants qui l'attendaient au quarante-huit de la rue

Gabriel-Péri, dans le trois-pièces qu'il avait acquis grâce à ses économies et à des emprunts à la banque. Pour avoir encore du courage et se sentir moins seul, il aurait voulu qu'ils soient tous avec lui pour revoir celui qui avait quitté la maison en laissant un immense trou derrière lui. La dernière fois qu'il l'avait vu, avec sa barbe de plusieurs jours, il n'allait pas très bien. Il avait le visage encore plus émacié, les traits marqués et des lueurs grises brouillaient ses yeux. Comme la vieille dame, il était prêt lui aussi à tomber dans un gouffre sans issue, à s'écraser au fond d'un puits aux parois huileuses. Il espérait revoir son fils en meilleure condition, avec un moral plus résistant et un corps plus reposé. Peut-être avait-il grossi et portait-il maintenant une moustache. Il se souvint qu'il avait rougi quand il l'avait, à seize ans, surpris dans la salle de bain en train de se raser en cachette avec l'une de ses lames. Il se rappelle aussi qu'au début, par respect, il ne fumait pas devant lui.

Un peu plus loin, après la gare bordée de ficus et d'acacias, il aperçut, au détour d'un carrefour, le fleuve et les grues qui tendaient leurs bras au-dessus des quais. Durant le trajet où le bus, qui exhibait sur ses flancs de la publicité pour la lingerie fine, passa devant la cathédrale, la mairie, la caserne de pompiers et les grilles du parc municipal, son regard fut attiré par l'enseigne d'un restaurant qui lui arracha un sourire. Elle représentait un cochon joufflu et bien gras, l'air épanoui et la queue en tire-bouchon. Une serviette à carreaux rouges et blancs solidement nouée autour du cou, il tenait dans sa patte une fourchette aussi robuste que son appétit. La serviette ressemblait à celles utilisées par le vieux couple au cours du déjeuner sur l'aire d'autoroute.

Vingt minutes plus tard, il descendit place Charles-de-Gaulle, un immense rectangle planté de fleurs et de marronniers dont l'ombre n'arrivait pas à faire oublier la chaleur moite et les bruits qui le cernaient. Pour reprendre son souffle et son calme, debout près d'un banc, il but lentement le reste de la bouteille d'eau. Puis, le sac à la main, il se dirigea, comme le lui avait indiqué le chauffeur, vers la pharmacie qui faisait face au monument aux morts. Sur le trottoir de gauche, sous l'auvent d'une terrasse de café, une petite fille, accompagnée de sa mère, mangeait une grande coupe de glace recouverte d'une montagne de crème chantilly. L'endroit respirait l'insouciance. Il aurait voulu s'asseoir à une table et ne plus se relever.

Cinquante mètres plus bas, en tournant à droite, le cœur tremblant et le pas rapide comme dans la cour déserte du collège, il aperçut, au fond d'une rue étroite, la grosse bâtisse où vivait son petit. C'est là, derrière des murs massifs et une porte lourde et grise, qu'il apprit, entre deux silences gênés du directeur de la maison d'arrêt, la mort de son fils. Il s'était cette nuit pendu dans sa cellule.

Le malheur avait commencé lorsqu'ils avaient quitté l'auberge, ce dimanche où il avait beaucoup plu. Ce soir-là la voiture avait dérapé sur la chaussée pour venir s'écraser contre le mur d'une maison. Sa fiancée était morte sur le coup. Il s'en tira par miracle, comme le gamin qui avait failli être écrabouillé sur l'autoroute. Il fut condamné à quatre années de prison ferme pour homicide involontaire et conduite en état d'ivresse.

Peu de temps après, on lui remit le corps, ses vêtements, ses baskets, son nécessaire de toilette et les lettres auxquelles il n'avait jamais répondu. Il retrouva aussi dans ses affaires le portefeuille de cuir marron dans lequel il avait rangé la photo qu'il avait longtemps cherchée. Son fils l'avait emportée avec lui. Il le revit alors, en pantalon kaki et en sandalettes, serré contre lui comme s'il voulait qu'il le protège contre le malheur.

Saint-Jean-Pied-de-Port, février 2004 -
Saint-Dié-des-Vosges, avril 2004

RÉALISATION : PAO ÉDITIONS DU SEUIL
IMPRESSION : NOVOPRINT
DÉPÔT LÉGAL : FÉVRIER 2006. N° 89954
Imprimé en Espagne

Collection Points

DERNIERS TITRES PARUS

P940. Allah n'est pas obligé, *par Ahmadou Kourouma*
P941. Veuves au maquillage, *par Pierre Senges*
P942. La Dernière Neige, *par Hubert Mingarelli*
P943. Requiem pour une huître, *par Hubert Michel*
P944. Morgane, *par Michel Rio*
P945. Oncle Petros et la Conjecture de Goldbach *par Apostolos Doxiadis*
P946. La Tempête, *par Juan Manuel de Prada*
P947. Scènes de la vie d'un jeune garçon, *par J.M. Coetzee*
P948. L'avenir vient de loin, *par Jean-Noël Jeanneney*
P949. 1280 Âmes, *par Jean-Bernard Pouy*
P950. Les Péchés des pères, *par Lawrence Block*
P951. Les Enfants de fortune, *par Jean-Marc Roberts*
P952. L'Incendie, *par Mohammed Dib*
P953. Aventures, *par Italo Calvino*
P954. Œuvres pré-posthumes, *par Robert Musil*
P955. Sérénissime Assassinat, *par Gabrielle Wittkop*
P956. L'Ami de mon père, *par Frédéric Vitoux*
P957. Messaouda, *par Abdelhak Serhane*
P958. La Croix et la Bannière, *par William Boyd*
P959. Une voix dans la nuit, *par Armistead Maupin*
P960. La Face cachée de la lune, *par Martin Suter*
P961. Des villes dans la plaine, *par Cormac McCarthy*
P962. L'Espace prend la forme de mon regard *par Hubert Reeves*
P963. L'Indispensable Petite Robe noire, *par Lauren Henderson*
P964. Vieilles Dames en péril, *par Margaret Yorke*
P965. Jeu de main, jeu de vilain, *par Michelle Spring*
P966. Carlota Fainberg, *par Antonio Muñoz Molina*
P967. Cette aveuglante absence de lumière *par Tahar Ben Jelloun*
P968. Manuel de peinture et de calligraphie, *par José Saramago*
P969. Dans le nu de la vie, *par Jean Hatzfeld*
P970. Lettres luthériennes, *par Pier Paolo Pasolini*
P971. Les Morts de la Saint-Jean, *par Henning Mankell*
P972. Ne zappez pas, c'est l'heure du crime, *par Nancy Star*
P973. Connaissance de la douleur, *par Carlo Emilio Gadda*

P974. Les Feux du Bengale, *par Amitav Ghosh*
P975. Le Professeur et la Sirène
par Giuseppe Tomasi di Lampedusa
P976. Éloge de la phobie, *par Brigitte Aubert*
P977. L'Univers, les dieux, les hommes, *par Jean-Pierre Vernant*
P978. Les Gardiens de la vérité, *par Michael Collins*
P979. Jours de Kabylie, *par Mouloud Feraoun*
P980. La Pianiste, *par Elfriede Jelinek*
P981. L'homme qui savait tout, *par Catherine David*
P982. La Musique d'une vie, *par Andreï Makine*
P983. Un vieux cœur, *par Bertrand Visage*
P984. Le Caméléon, *par Andreï Kourkov*
P985. Le Bonheur en Provence, *par Peter Mayle*
P986. Journal d'un tueur sentimental et autres récits
par Luis Sepúlveda
P987. Étoile de mère, *par G. Zoë Garnett*
P988. Le Vent du plaisir, *par Hervé Hamon*
P989. L'Envol des anges, *par Michael Connelly*
P990. Noblesse oblige, *par Donna Leon*
P991. Les Étoiles du Sud, *par Julien Green*
P992. En avant comme avant !, *par Michel Folco*
P993. Pour qui vous prenez-vous ?, *par Geneviève Brisac*
P994. Les Aubes, *par Linda Lê*
P995. Le Cimetière des bateaux sans nom
par Arturo Pérez-Reverte
P996. Un pur espion, *par John le Carré*
P997. La Plus Belle Histoire des animaux, *par Boris Cyrulnik, Jean-Pierre Digard, Pascal Picq, Karine-Lou Matignon*
P998. La Plus Belle Histoire de la Terre, *par André Brahic, Paul Tapponnier, Lester R. Brown, Jacques Girardon*
P999. La Plus Belle Histoire des plantes, *par Jean-Marie Pelt, Marcel Mazoyer, Théodore Monod, Jacques Girardon*
P1000. Le Monde de Sophie, *par Jostein Gaarder*
P1001. Suave comme l'éternité, *par George P. Pelecanos*
P1002. Cinq Mouches bleues, *par Carmen Posadas*
P1003. Le Monstre, *par Jonathan Kellerman*
P1004. À la trappe !, *par Andrew Klavan*
P1005. Urgence, *par Sarah Paretsky*
P1006. Galindez, *par Manuel Vázquez Montalbán*
P1007. Le Sanglot de l'homme blanc, *par Pascal Bruckner*
P1008. La Vie sexuelle de Catherine M., *par Catherine Millet*
P1009. La Fête des Anciens, *par Pierre Mertens*

P1010. Une odeur de mantèque, *par Mohammed Khaïr-Eddine*
P1011. N'oublie pas mes petits souliers, *par Joseph Connolly*
P1012. Les Bonbons chinois, *par Mian Mian*
P1013. Boulevard du Guinardó, *par Juan Marsé*
P1014. Des lézards dans le ravin, *par Juan Marsé*
P1015. Besoin de vélo, *par Paul Fournel*
P1016. La Liste noire, *par Alexandra Marinina*
P1017. La Longue Nuit du sans-sommeil, *par Lawrence Block*
P1018. Perdre, *par Pierre Mertens*
P1019. Les Exclus, *par Elfriede Jelinek*
P1020. Putain, *par Nelly Arcan*
P1021. La Route de Midland, *par Arnaud Cathrine*
P1022. Le Fil de soie, *par Michèle Gazier*
P1023. Paysages originels, *par Olivier Rolin*
P1024. La Constance du jardinier, *par John le Carré*
P1025. Ainsi vivent les morts, *par Will Self*
P1026. Doux Carnage, *par Toby Litt*
P1027. Le Principe d'humanité, *par Jean-Claude Guillebaud*
P1028. Bleu, histoire d'une couleur, *par Michel Pastoureau*
P1029. Speedway, *par Philippe Thirault*
P1030. Les Os de Jupiter, *par Faye Kellerman*
P1031. La Course au mouton sauvage, *par Haruki Murakami*
P1032. Les Sept Plumes de l'aigle, *par Henri Gougaud*
P1033. Arthur, *par Michel Rio*
P1034. Hémisphère Nord, *par Patrick Roegiers*
P1035. Disgrâce, *par J.M. Coetzee*
P1036. L'Âge de fer, *par J.M. Coetzee*
P1037. Les Sombres Feux du passé, *par Chang-rae Lee*
P1038. Les Voix de la liberté, *par Michel Winock*
P1039. Nucléaire Chaos, *par Stéphanie Benson*
P1040. Bienheureux ceux qui ont soif…, *par Anne Holt*
P1041. Le Marin à l'ancre, *par Bernard Giraudeau*
P1042. L'Oiseau des ténèbres, *par Michael Connelly*
P1043. Les Enfants des rues étroites, *par Abdelhak Sehrane*
P1044. L'Ile et Une nuit, *par Daniel Maximin*
P1045. Bouquiner, *par Annie François*
P1046. Nat Tate, *par William Boyd*
P1047. Le Grand Roman indien, *par Shashi Tharoor*
P1048. Les Lettres mauves, *par Lawrence Block*
P1049. L'Imprécateur, *par René-Victor Pilhes*
P1050. Le Stade de Wimbledon, *par Daniele Del Giudice*
P1051. La Deuxième Gauche, *par Hervé Hamon et Patrick Rotman*

P1052. La Tête en bas, *par Noëlle Châtelet*
P1053. Le Jour de la cavalerie, *par Hubert Mingarelli*
P1054. Le Violon noir, *par Maxence Fermine*
P1055. Vita Brevis, *par Jostein Gaarder*
P1056. Le Retour des caravelles, *par António Lobo Antunes*
P1057. L'Enquête, *par Juan José Saer*
P1058. Pierre Mendès France, *par Jean Lacouture*
P1059. Le Mètre du monde, *par Denis Guedj*
P1060. Mort d'une héroïne rouge, *par Qiu Xiaolong*
P1061. Angle mort, *par Sara Paretsky*
P1062. La Chambre d'écho, *par Régine Detambel*
P1063. Madame Seyerling, *par Didier Decoin*
P1064. L'Atlantique et les Amants, *par Patrick Grainville*
P1065. Le Voyageur, *par Alain Robbe-Grillet*
P1066. Le Chagrin des Belges, *par Hugo Claus*
P1067. La Ballade de l'impossible, *par Haruki Murakami*
P1068. Minoritaires, *par Gérard Miller*
P1069. La Reine scélérate, *par Chantal Thomas*
P1070. Trompe la mort, *par Lawrence Block*
P1071. V'là aut' chose, *par Nancy Star*
P1072. Jusqu'au dernier, *par Deon Meyer*
P1073. Le Rire de l'ange, *par Henri Gougaud*
P1074. L'Homme sans fusil, *par Ysabelle Lacamp*
P1075. Le Théoriste, *par Yves Pagès*
P1076. L'Artiste des dames, *par Eduardo Mendoza*
P1077. Les Turbans de Venise, *par Nedim Gürsel*
P1078. Zayni Barakat, *par Ghamal Ghitany*
P1079. Éloge de l'amitié, ombre de la trahison
par Tahar Ben Jelloun
P1080. La Nostalgie du possible. Sur Pessoa
par Antonio Tabucchi
P1081. La Muraille invisible, *par Henning Mankell*
P1082. Ad vitam aeternam, *par Thierry Jonquet*
P1083. Six Mois au fond d'un bureau, *par Laurent Laurent*
P1084. L'Ami du défunt, *par Andreï Kourkov*
P1085. Aventures dans la France gourmande, *par Peter Mayle*
P1086. Les Profanateurs, *par Michael Collins*
P1087. L'Homme de ma vie, *par Manuel Vázquez Montalbán*
P1088. Wonderland Avenue, *par Michael Connelly*
P1089. L'Affaire Paola, *par Donna Leon*
P1090. Nous n'irons plus au bal, *par Michelle Spring*
P1091. Les Comptoirs du Sud, *par Philippe Doumenc*

P1092. Foraine, *par Paul Fournel*
P1093. Mère agitée, *par Nathalie Azoulay*
P1094. Amanscale, *par Maryline Desbiolles*
P1095. La Quatrième Main, *par John Irving*
P1096. La Vie devant ses yeux, *par Laura Kasischke*
P1097. Foe, *par J.M. Coetzee*
P1098. Les Dix Commandements, *par Marc-Alain Ouaknin*
P1099. Errance, *par Raymond Depardon*
P1100. Dr la Mort, *par Jonathan Kellerman*
P1101. Tatouage à la fraise, *par Lauren Henderson*
P1102. La Frontière, *par Patrick Bard*
P1103. La Naissance d'une famille, *par T. Berry Brazelton*
P1104. Une mort secrète, *par Richard Ford*
P1105. Blanc comme neige, *par George P. Pelecanos*
P1106. Jours tranquilles à Belleville, *par Thierry Jonquet*
P1107. Amants, *par Catherine Guillebaud*
P1108. L'Or du roi, *par Arturo Perez-Reverte*
P1109. La Peau d'un lion, *par Michael Ondaatje*
P1110. Funérarium, *par Brigitte Aubert*
P1111. Requiem pour une ombre, *par Andrew Klavan*
P1113. Tigre en papier, *par Olivier Rolin*
P1114. Le Café Zimmermann, *par Catherine Lépront*
P1115. Le Soir du chien, *par Marie-Hélène Lafon*
P1116. Hamlet, pan, pan, pan, *par Christophe Nicolas*
P1117. La Caverne, *par José Saramago*
P1118. Un ami parfait, *par Martin Suter*
P1119. Chang et Eng le double-garçon, *par Darin Strauss*
P1120. Les Amantes, *par Elfriede Jelinek*
P1121. L'Étoffe du diable, *par Michel Pastoureau*
P1122. Meurtriers sans visage, *par Henning Mankell*
P1123. Taxis noirs, *par John McLaren*
P1124. La Revanche de Dieu, *par Gilles Kepel*
P1125. À ton image, *par Louise L. Lambrichs*
P1126. Les Corrections, *par Jonathan Franzen*
P1127. Les Abeilles et la Guêpe, *par François Maspero*
P1128. Les Adieux à la Reine, *par Chantal Thomas*
P1129. Dondog, *par Antoine Volodine*
P1130. La Maison Russie, *par John le Carré*
P1131. Livre de chroniques, *par António Lobo Antunes*
P1132. L'Europe en première ligne, *par Pascal Lamy*
P1133. Les Nouveaux Maîtres du monde, *par Jean Ziegler*
P1134. Tous des rats, *par Barbara Seranella*

P1135. Des morts à la criée, *par Ed Dee*
P1136. Allons voir plus loin, veux-tu ?, *par Anny Duperey*
P1137. Les Papas et les Mamans, *par Diastème*
P1138. Phantasia, *par Abdelwahab Meddeb*
P1139. Métaphysique du chien, *par Philippe Ségur*
P1140. Mosaïque, *par Claude Delarue*
P1141. Dormir accompagné, *par António Lobo Antunes*
P1142. Un monde ailleurs, *par Stewart O'Nan*
P1143. Rocks Springs, *par Richard Ford*
P1144. L'Ami de Vincent, *par Jean-Marc Roberts*
P1145. La Fascination de l'étang, *par Virginia Woolf*
P1146. Ne te retourne pas, *par Karin Fossum*
P1147. Dragons, *par Marie Desplechin*
P1148. La Médaille, *par Lydie Salvayre*
P1149. Les Beaux Bruns, *par Patrick Gourvennec*
P1150. Poids léger, *par Olivier Adam*
P1151. Les Trapézistes et le Rat, *par Alain Fleischer*
P1152. À livre ouvert, *par William Boyd*
P1153. Péchés innombrables, *par Richard Ford*
P1154. Une situation difficile, *par Richard Ford*
P1155. L'éléphant s'évapore, *par Haruki Murakami*
P1156. Un amour dangereux, *par Ben Okri*
P1157. Le Siècle des communismes, *ouvrage collectif*
P1158. Funky Guns, *par George P. Pelecanos*
P1159. Les Soldats de l'aube, *par Deon Meyer*
P1160. Le Figuier, *par François Maspero*
P1161. Les Passagers du Roissy-Express, *par François Maspero*
P1162. Visa pour Shanghai, *par Qiu Xiaolong*
P1163. Des dahlias rouge et mauve, *par Frédéric Vitoux*
P1164. Il était une fois un vieux couple heureux
par Mohammed Khaïr-Eddine
P1165. Toilette de chat, *par Jean-Marc Roberts*
P1166. Catalina, *par Florence Delay*
P1167. Nid d'hommes, *par Lu Wenfu*
P1168. La Longue Attente, *par Ha Jin*
P1169. Pour l'amour de Judith, *par Meir Shalev*
P1170. L'Appel du couchant, *par Gamal Ghitany*
P1171. Lettres de Drancy
P1172. Quand les parents se séparent, *par Françoise Dolto*
P1173. Amours sorcières, *par Tahar Ben Jelloun*
P1174. Sale Temps, *par Sara Paretsky*
P1175. L'Ange du Bronx, *par Ed Dee*

P1176. La Maison du désir, *par France Huser*
P1177. Cytomégalovirus, *par Hervé Guibert*
P1178. Les Treize Pas, *par Mo Yan*
P1179. Le Pays de l'alcool, *par Mo Yan*
P1180. Le Principe de Frédelle, *par Agnès Desarthe*
P1181. Les Gauchers, *par Yves Pagès*
P1182. Rimbaud en Abyssinie, *par Alain Borer*
P1183. Tout est illuminé, *par Jonathan Safran Foer*
P1184. L'Enfant zigzag, *par David Grossman*
P1185. La Pierre de Rosette
par Robert Solé et Dominique Valbelle
P1186. Le Maître de Pétersbourg, *par J.M. Coetzee*
P1187. Les Chiens de Riga, *par Henning Mankell*
P1188. Le Tueur, *par Eraldo Baldini*
P1189. Un silence de fer, *par Marcello Fois*
P1190. La Filière du jasmin, *par Denise Hamilton*
P1191. Déportée en Sibérie, *par Margarete Buber-Neumann*
P1192. Les Mystères de Buenos Aires, *par Manuel Puig*
P1193. La Mort de la phalène, *par Virginia Woolf*
P1194. Sionoco, *par Leon de Winter*
P1195. Poèmes et Chansons, *par Georges Brassens*
P1196. Innocente, *par Dominique Souton*
P1197. Taking Lives / Destins violés, *par Michael Pye*
P1198. Gang, *par Toby Litt*
P1199. Elle est partie, *par Catherine Guillebaud*
P1200. Le Luthier de Crémone, *par Herbert Le Porrier*
P1201. Le Temps des déracinés, *par Elie Wiesel*
P1202. Les Portes du sang, *par Michel del Castillo*
P1203. Featherstone, *par Kirsty Gunn*
P1204. Un vrai crime pour livres d'enfants, *par Chloe Hooper*
P1205. Les Vagabonds de la faim, *par Tom Kromer*
P1206. Mister Candid, *par Jules Hardy*
P1207. Déchaînée, *par Lauren Henderson*
P1208. Hypnose mode d'emploi, *par Gérard Miller*
P1209. Corse, *par Jean-Noël Pancrazi et Raymond Depardon*
P1210. Le Dernier Viking, *par Patrick Grainville*
P1211. Charles et Camille, *par Frédéric Vitoux*
P1212. Siloé, *par Paul Gadenne*
P1213. Bob Marley, *par Stephen Davies*
P1214. Ça ne peut plus durer, *par Joseph Connolly*
P1215. Tombe la pluie, *par Andrew Klavan*
P1216. Quatre Soldats, *par Hubert Mingarelli*

P1217. Les Cheveux de Bérénice, *par Denis Guedj*
P1218. Les Garçons d'en face, *par Michèle Gazier*
P1219. Talion, *par Christian de Montella*
P1220. Les Images, *par Alain Rémond*
P1221. La Reine du Sud, *par Arturo Perez-Reverte*
P1222. Vieille Menteuse, *par Anne Fine*
P1223. Danse, danse, danse, *par Haruki Murakami*
P1224. Le Vagabond de Holmby Park, *par Herbert Lieberman*
P1225. Des amis haut placés, *par Donna Leon*
P1226. Tableaux d'une ex., *par Jean-Luc Benoziglio*
P1227. La Compagnie, le grand roman de la CIA *par Robert Little*
P1228. Chair et Sang, *par Jonathan Kellerman*
P1230. Darling Lilly, *par Michael Connelly*
P1231. Les Tortues de Zanzibar, *par Giles Foden*
P1232. Il a fait l'idiot à la chapelle !, *par Daniel Auteuil*
P1233. Lewis & Alice, *par Didier Decoin*
P1234. Dialogue avec mon jardinier, *par Henri Cueco*
P1235. L'Émeute, *par Shashi Tharoor*
P1236. Le Palais des Miroirs, *par Amitav Ghosh*
P1237. La Mémoire du corps, *par Shauna Singh Baldwin*
P1238. Middlesex, *par Jeffrey Eugenides*
P1239. Je suis mort hier, *par Alexandra Marinina*
P1240. Cendrillon, mon amour, *par Lawrence Block*
P1241. L'Inconnue de Baltimore, *par Laura Lippman*
P1242. Berlinale Blitz, *par Stéphanie Benson*
P1243. Abattoir 5, *par Kurt Vonnegut*
P1244. Catalogue des idées reçues sur la langue *par Marina Yaguello*
P1245. Tout se paye, *par Georges P. Pelacanos*
P1246. Autoportrait à l'ouvre-boîte, *par Philippe Ségur*
P1247. Tout s'avale, *par Hubert Michel*
P1248. Quand on aime son bourreau, *par Jim Lewis*
P1249. Tempête de glace, *par Rick Moody*
P1250. Dernières Nouvelles du bourbier, *par Alexandre Ikonnikov*
P1251. Le Rameau brisé, *par Jonathan Kellerman*
P1252. Passage à l'ennemie, *par Lydie Salvayre*
P1253. Une saison de machettes, *par Jean Hatzfeld*
P1254. Le Goût de l'avenir, *par Jean-Claude Guillebaud*
P1255. L'Étoile d'Alger, *par Aziz Chouaki*
P1256. Cartel en tête, *par John McLaren*
P1257. Sans penser à mal, *par Barbara Seranella*

P1258. Tsili, *par Aharon Appelfeld*
P1259. Le Temps des prodiges, *par Aharon Appelfeld*
P1260. Ruines-de-Rome, *par Pierre Sengès*
P1261. La Beauté des loutres, *par Hubert Mingarelli*
P1262. La Fin de tout, *par Jay McInerney*
P1263. Jeanne et les siens, *par Michel Winock*
P1264. Les Chats mots, *par Anny Duperey*
P1265. Quand j'avais cinq ans, je m'ai tué
par Howard Buten
P1266. Vers l'âge d'homme, *par J.M. Coetzee*
P1267. L'Invention de Paris, *par Eric Hazan*
P1268. Chroniques de l'oiseau à ressort
par Haruki Murakami
P1269. En crabe, *par Günter Grass*
P1270. Mon père, ce harki, *par Dalila Kerchouche*
P1271. Lumière morte, *par Michael Connelly*
P1272. Détonations rapprochées, *par C.J. Box*
P1273. Lorsque la nature parlait aux Égyptiens
par Christian Desroches Noblecourt
P1274. Le Tribunal des Flagrants Délires 1
par Pierre Desproges
P1275. Le Tribunal des Flagrants Délires 2
par Pierre Desproges
P1276. Un amant naïf et sentimental, *par John le Carré*
P1277. Fragiles, *par Philippe Delerm et Martine Delerm*
P1278. La Chambre blanche, *par Christine Jordis*
P1279. Adieu la vie, adieu l'amour, *par Juan Marsé*
P1280. N'entre pas si vite dans cette nuit noire
par António Lobo Antunes
P1281. L'Évangile selon saint Loubard, *par Guy Gilbert*
P1282. La femme qui attendait, *par Andreï Makine*
P1283. Les Candidats, *par Yun Sun Limet*
P1284. Petit Traité de désinvolture, *par Denis Grozdanovitch*
P1285. Personne, *par Linda Lê*
P1286. Sur la photo, *par Marie-Hélène Lafon*
P1287. Le Mal du pays, *par Patrick Roegiers*
P1288. Politique, *par Adam Thirlwell*
P1289. Érec et Énide, *par Manuel Vázquez Montalbán*
P1290. La Dormeuse de Naples, *par Adrien Goetz*
P1291. Le croque-mort a la vie dure, *par Tim Cockey*
P1292. Pretty Boy, *par Lauren Henderson*
P1293. La Vie sexuelle en France, *par Janine Mossuz-Lavau*

P1294. Souvenirs obscurs d'un Juif polonais né en France
par Pierre Goldman
P1295. Dans l'alcool, *par Thierry Vimal*
P1296. Le Monument, *par Claude Duneton*
P1297. Mon nerf, *par Rachid Djaïdani*
P1298. Plutôt mourir, *par Marcello Fois*
P1299. Les pingouins n'ont jamais froid, *par Andreï Kourkov*
P1300. La Mitrailleuse d'argile, *par Viktor Pelevine*
P1301. Un été à Baden-Baden, *par Leonid Tsypkin*
P1302. Hasard des maux, *par Kate Jennings*
P1303. Le Temps des erreurs, *par Mohammed Choukri*
P1304. Boumkœur, *par Rachid Djaïdani*
P1305. Vodka-Cola, *par Irina Denejkina*
P1306. La Lionne blanche, *par Henning Mankell*
P1307. Le Styliste, *par Alexandra Marinina*
P1308. Pas d'erreur sur la personne, *par Ed Dee*
P1309. Le Casseur, *par Walter Mosley*
P1310. Le Dernier Ami, *par Tahar Ben Jelloun*
P1311. La Joie d'Aurélie, *par Patrick Grainville*
P1312. L'Aîné des orphelins, *par Tierno Monénembo*
P1313. Le Marteau pique-cœur, *par Azouz Begag*
P1314. Les Âmes perdues, *par Michael Collins*
P1315. Écrits fantômes, *par David Mitchell*
P1316. Le Nageur, *par Zsuzsa Bánk*
P1317. Quelqu'un avec qui courir, *par David Grossman*
P1318. L'Attrapeur d'ombres, *par Patrick Bard*
P1319. Venin, *par Saneh Sangsuk*
P1320. Le Gone du Chaâba, *par Azouz Begag*
P1321. Béni ou le paradis privé, *par Azouz Begag*
P1322. Mésaventures du Paradis
par Erik Orsenna et Bernard Matussière
P1323. L'Âme au poing, *par Patrick Rotman*
P1324. Comedia Infantil, *par Henning Mankell*
P1325. Niagara, *par Jane Urquhart*
P1326. Une amitié absolue, *par John le Carré*
P1327. Le Fils du vent, *par Henning Mankell*
P1328. Le Témoin du mensonge, *par Mylène Dressler*
P1329. Pelle le Conquérant 1, *par Martin Andersen Nexø*
P1330. Pelle le Conquérant 2, *par Martin Andersen Nexø*
P1331. Mortes-Eaux, *par Donna Leon*
P1332. Déviances mortelles, *par Chris Mooney*
P1333. Les Naufragés du Batavia, *par Simon Leys*

P1334. L'Amandière, *par Simonetta Agnello Hornby*
P1335. C'est en hiver que les jours rallongent, *par Joseph Bialot*
P1336. Cours sur la rive sauvage, *par Mohammed Dib*
P1337. Hommes sans mère, *par Hubert Mingarelli*
P1338. Reproduction non autorisée, *par Marc Vilrouge*
P1339. S. O. S., *par Joseph Connolly*
P1340. Sous la peau, *par Michel Faber*
P1341. Dorian, *par Will Self*
P1342. Le Cadeau, *par David Flusfeder*
P1343. Le Dernier Voyage d'Horatio II, *par Eduardo Mendoza*
P1344. Mon vieux, *par Thierry Jonquet*
P1345. Lendemains de terreur, *par Lawrence Block*
P1346. Déni de justice, *par Andrew Klavan*
P1347. Brûlé, *par Leonard Chang*
P1348. Montesquieu, *par Jean Lacouture*
P1349. Stendhal, *par Jean Lacouture*
P1350. Le Collectionneur de collections, *par Henri Cueco*
P1351. Camping, *par Abdelkader Djemaï*
P1352. Janice Winter, *par Rose-Marie Pagnard*
P1353. La Jalousie des fleurs, *par Ysabelle Lacamp*
P1354. Ma vie, son œuvre, *par Jacques-Pierre Amette*
P1355. Lila, Lila, *par Martin Suter*
P1356. Un amour de jeunesse, *par Ann Packer*
P1357. Mirages du Sud, *par Nedim Gürsel*
P1358. Marguerite et les Enragés
par Jean-Claude Lattès et Éric Deschodt
P1359. Los Angeles River, *par Michael Connelly*
P1360. Refus de mémoire, *par Sarah Paretsky*
P1361. Petite Musique de meurtre, *par Laura Lippman*
P1362. Le Cœur sous le rouleau compresseur, *par Howard Buten*
P1363. L'Anniversaire, *par Mouloud Feraoun*
P1364. Passer l'hiver, *par Olivier Adam*
P1365. L'Infamille, *par Christophe Honoré*
P1366. La Douceur, *par Christophe Honoré*
P1367. Des gens du monde, *par Catherine Lépront*
P1368. Vent en rafales, *par Taslima Nasreen*
P1369. Terres de crépuscule, *par J. M. Coetzee*
P1370. Lizka et ses hommes, *par Alexandre Ikonnikov*
P1371. Le Châle, *par Cynthia Ozick*
P1372. L'Affaire du Dahlia noir, *par Steve Hodel*
P1373. Premières Armes, *par Faye Kellerman*
P1374. Onze Jours, *par Donald Harstad*

P1375. Le croque-mort préfère la bière, *par Tim Cockey*
P1376. Le Messie de Stockholm, *par Cynthia Ozick*
P1377. Quand on refuse on dit non
par Ahmadou Kourouma
P1378. Une vie française, *par Jean-Paul Dubois*
P1379. Une année sous silence, *par Jean-Paul Dubois*
P1380. La Dernière Leçon, *par Noëlle Châtelet*
P1381. Folle, *par Nelly Arcan*
P1382. La Hache et le Violon, *par Alain Fleischer*
P1383. Vive la sociale !, *par Gérard Mordillat*
P1384. Histoire d'une vie, *par Aharon Appelfeld*
P1385. L'Immortel Bartfuss, *par Aharon Appelfeld*
P1386. Beaux seins, belles fesses, *par Mo Yan*
P1387. Séfarade, *par Antonio Muñoz Molina*
P1388. Le Gentilhomme au pourpoint jaune
par Arturo Pérez Reverte
P1389. Ponton à la dérive, *par Daniel Katz*
P1390. La Fille du directeur de cirque, *par Jostein Gaarder*
P1391. Pelle le Conquérant 3, *par Martin Andersen Nexø*
P1392. Pelle le Conquérant 4, *par Martin Andersen Nexø*
P1393. Soul Circus, *par George P. Pelecanos*
P1394. La Mort au fond du canyon, *par C. J. Box*
P1395. Recherchée, *par Karin Alvtegen*
P1396. Disparitions à la chaîne, *par Åke Smedberg*
P1397. Bardo or not bardo, *par Antoine Volodine*
P1398. La Vingt-septième Ville, *par Jonathan Franzen*
P1399. Pluie, *par Kirsty Gunn*
P1400. La Mort de Carlos Gardel, *par António Lobo Antunes*
P1401. La Meilleure Façon de grandir, *par Meir Shalev*
P1402. Les Plus Beaux Contes zen, *par Henri Brunel*
P1403. Le Sang du monde, *par Catherine Clément*
P1404. Poétique de l'égorgeur, *par Philippe Ségur*
P1406. La Vie invisible, *par Juan Manuel de Prada*
P1407. Qu'elle repose en paix, *par Jonathan Kellerman*
P1408. Le Croque-mort à tombeau ouvert, *par Tim Cockey*
P1409. La Ferme des corps, *par Bill Bass*
P1410. Le Passeport, *par Azouz Begag*
P1411. La station Saint Martin est fermée au public
par Joseph Bialot
P1412. L'Intégration, *par Azouz Begag*
P1413. La Géométrie des sentiments, *par Patrick Roegiers*
P1414. L'Âme du chasseur, *par Deon Meyer*

31, rue Lopez et Jules Martin
93300 Aubervilliers
06 72 97 13 30
djimk2003@yahoo.fr